나는 어제처럼 말하고 너는 내일처럼 묻지

이기영

시인의 말

나는 원한 적 없는데
지금, 여기에 있다
원한 적 없어서
원하는 게
아무것도 없어야 하는데
원하는 게 많아서
견뎌야 하는 날들로 넘쳐난다
거창하지 않아도
더 이상 견디지 않아도
좋을 날들이기까지

2020년 12월

이기영

나는 어제처럼 말하고 너는 내일처럼 묻지

차례

1부 살아 있는, 유령들

2부 그 많은 의문들은 어디에서 오죠?

3부 독백체

4부 잠잠한 서정이라면 좋겠네

해설

1부
살아 있는, 유령들

살아 있는, 유령들
—나의 기쁜 동기들

그렇고 그런 사람들 중 하나로 섞여 있는 사람이 당신
이기도 하고 그 당신 중 하나가 나이기도 해서 당신과 내
가 가끔 어울려 다녀도 어색하지 않았다

내일은 막막하고 나는 더 기다릴 게 없어서 나빠질 것
도 없는 하루하루를 갉아먹었다 반복해서 금요일만을
살고 있었다 배후가 없는 금요일 빽도 없는 금요일 없는
것이 너무 많아서 안 되는 것들 위로 자꾸 금요일이 걸려
넘어졌다 꿀꺽, 눈물 젖은 방,

졸렬함을 빙자해 집요하게 술잔을 섞었다 위로를 안
주 삼아 가면을 숨겼다 안색만 다를 뿐 배역은 같았다
너 대신 내가 죽어 줄까 호기롭게 뱉어 버리는 말들은 미
안하지도 미안해지지도 않았다 침을 튀기며 같은 시간
을 똑같이 나눠 마셔도 언제나 각기 다른 층위의 계산법,
뒤돌아서는 순간 더 치밀해졌다 가끔 아주 가끔 장례식
에 초대될 때마다 벌건 육개장 국물에 비친 맨얼굴을 확
인하곤 했다 서로의 안부나 이름은 끝끝내 잠잠했다

11

살아 있는, 유령들

—엑스트라

아무도 보지 않는 곳에 시선이 가닿지 않는 곳에 나는 서 있었다 뻔히 알면서도 빛나는 한 부분을 위해 배경으로 있었다 얼음처럼 투명하게 깊은 속내를 연출하는 일은 쉬웠다 그것은 효율성을 따지는 사람들 앞에서는 꽤나 쓸모가 있었다 은폐는 비극을 소비하는 방식에서 비극을 연출하는 방식으로 전환할 때 지극히 평범한 요구사항 중 하나였다 이 모든 목적으로 눈물은 당연하게 받아들이도록 교육되어 있었다 나무가 되어 서 있는데 아무도 얼음땡을 외쳐 주지 않았다 언제 끝날까 이 게임은

'무.궁.화.꽃.이.피.었.습.니'까지가 우리들이 숨을 쉴 타이밍이고 '다'를 내뱉는 순간 우리들은 모두 그림자가 되는데 이름을 지우고 행인1 행인2 행인3이 되어야 하는데

살아 있는, 유령들
—격리구역

이렇게 곧 잊히겠죠

　증상은 감쪽같아요 네게 건너갈 타이밍을 얼마나 손때가 묻도록 매만졌는데 지겹도록 망설였는데 갈 수 있을 때 준비되지 않던 것들이 갈 수 없을 땐 넘쳐나요 처방전 없이도 심장은 밤마다 다시 뜨거워졌어요 한때는 뜨거운 것들이 열정적으로 우리의 관계를 아름답게 번식시켰으나 이러다 정말 가능한 한 깊숙이 닫히겠죠 가장 가까운 곳에서 멀어지겠죠 나는 이미 버려진 발자국 어딜 다녀왔는지 어딜 가려는지 어떤 모양으로 숨으려는지 모두 기록되겠지만 방치된 목록에 추가될 뿐,

　곧, 지워지겠죠?

살아 있는, 유령들
—살처분

한 번도 가 본 적 없는 아프리카가 너무나 가까이에 있었어요 의심은 열병으로 바뀐 지 오래되었고요 아침이 오는 발자국 소리는 초저녁에 끊어졌지요 거대한 묘혈, 흙더미의 다짐은 순식간이었어요 모든 울음을 위로할 틈도 없었어요 밀봉된 슬픔은 너무 빨리 짓물렀어요 이곳은 익사하지 않아도 모두 빠져 죽는 곳이에요 누구나 알지만 아무도 몰라야 했어요 발이 빠지는 울음들이 계속해서 무너졌어요 땅이 푹, 푹, 꺼지고 있었어요 산 자가 죽은 자의 눈을 파먹었어요 죽은 자가 산 자를 묻었어요 모두가 진저리를 치고 있었어요 어떤 것들은 썩어서 거름이 된다는데 의심들은 썩어서 무엇이 될까요 가장 깊은 곳에 고여 있는 아우성이 백만 년 후에 발굴된다면 마침내 학살도 아름답게 해석될까요

14

살아 있는, 유령들
―음해

몰라서 죄가 되기도 한다

한결같이, 네가 내게 보내 준 달콤한 혀에서는 말랑말랑한 웃음이 계속 터져 나오고 어쩌나, 꽝꽝 얼어붙은 표정을 포장한 너는 수시로 뒤틀리다 습관이 된 줄을 몰랐다 숨기는 건 습관성 다람쥐가 땅속에 수없이 많은 알밤을 묻어 놓고 찾지 못하는 것처럼 숨기는 것이 많을수록 도처에 가능성은 허다해진다 싹이 될지 함정이 될지 아무도 모른 채 지층 아래 마그마가 끓어오르는 자리는 충혈된 가시들을 단련시키기 좋은 포인트 억울한 심정에는 특화된 자리

천사처럼 너는 웃었는데 웃음은 공갈빵처럼 부풀었는데 언제 터져 버릴지 모를 그 웃음 뒤에서 덮어 버리기엔 손이 너무 시리고 돌아서 버리기엔 등이 너무 허전해서

아무것도 몰라도 죄인이 된다

살아 있는, 유령들
—셔터

　순간과 순간 사이에 끼어 있는 순간이 얼마나 더 있는지 있었는지 알 수 없어서 빠르게 다가왔다 멀어진 것들을 모두 순간의 음모라고 생각했다 순간에 순간을 덧대면 순간으로부터 벗어날 줄 알았다 흑백 사진은 과거형만은 아니었다 죽은 사람도 살아 있고 살아 있는 사람도 부재중이었다 순간순간 더 많은 한 컷들이 쌓여 갔지만 과거로만 사는 너와 현재로만 사는 나 사이 순간은 찾을 수 없었다 순간은 끝까지 공간이었다 식탁 앞에서 침대 옆에서 소파 위에서

　하나의 프레임이 되지 않으면 헛 컷일 뿐이었다

살아 있는, 유령들
—너만 아는 비극

범람하는 소문에게서 씨앗 하나를 받으면 깊게 팬 고
랑을 따라 금방이라도 의심들이 자라지 찌를 듯이 자라
지 우리는 까마득하게 우리를 향해 휘몰아치는 쓰나미,
처음부터 창궐하는 음모들 깔려 죽어 나가는 허무들
물론 너는 그곳에서 얼마든지 당당할 수 있어 아무것도
모르니까 그러나 우리는 떼로 몰려다니는 사회적 동물
너만 모르고 우리만 아는 수십 개의 급소가 떠돌아다
니지 덫은 타이밍을 잘 알기에 목격자도 진술서도 없이
한순간에 덥석, 세심하게 웃고 너의 독백은 방백을 낳고
방백은 끝내 다시 독백으로 돌아서지 언제부터 우리가
우리라는 3인칭 감옥이었는지 아무도 말해 주지 않고
아는 척은 더더욱 하지 않고

살아 있는, 유령들
—나는 어제처럼 말하고 너는 내일처럼 묻지

배고프면 밥을 먹고 졸리면 잠자고 갑자기 백 년 후에 만나자고 하면 웃어 줘

웃지 않고 말하는 너는 오래 묵은 감정에 잠깐 솔직해졌고 나는 급정거에 정신없이 길게 끌려 나온 선명한 바퀴 자국에 소름이 돋았다 목을 맨 밧줄 끊어낸 손을 잠시 후회했다 바람 사나운 어제는 이미 사투를 끝내고 다시 내일의 전쟁이 두려워진 오늘, 한자리에서 빙빙 돌다 쓰러져 버리는 영원한 오늘이 밤새 꺼지지 않는 교회 십자가 같았다 뺨을 때리는 사장 앞에서 못—이라는 말보다는 안—이라는 부정사를 꽉 움켜쥐고 있어도 미처 날뛰는 시간이 잠잠해질 때까지 막무가내로 오늘은 계속해서 오늘이어서

하루 종일 해골을 들고 다녔다

살아 있는, 유령들
—마침표

이런 날, 창문들은 뜬눈으로 밤을 보내지 몇 번의 잔기침과 아주 작은 기척을 부스럭대며 평면으로 처리된 건물에 몸을 욱여넣고 사선으로 미끄러지는 계단을 계속해서 올라가지 한 층을 돌 때마다 알아서 밝아지는 센서들 높은 천장에 부딪혀 창밖으로 뛰어내리는 굽 높은 소리들 삭막은 담배꽁초 하나 떨어져 있지 않은 바닥을 규정하지 문을 열면 다른 날보다 길고 지루하게 서류 맨 끝 문장에 달려 있는 점 하나가 자꾸 덜그럭거리고 마주치는 것들 매달리는 것들이 확신도 없이 섞이면서 서툴게 불면을 숨기지 불안으로 부글거리는 메스꺼움을 참아내느라 해야 할 말들이 입안에서 짓뭉개지는 변함없는 진술을 감싸며 내일의 따분한 시약은 어느 플라스크 속에서 담담하게 끓어 넘치나

변덕 없이 날릴 수도 없는 종이비행기는 어떻게 이해되나

살아 있는, 유령들

—무한 리셋

나의 아침 6시는 손때 묻은 거품이 사라지는 데 딱 5
초, 오늘 하루 내 손에 쥘 패가 모퉁이부터 얼룩이 번지
는 거울 뒤편에서 어떤 표정으로 나를 바라보는지 알
수 없다 한 발만 내디디면 되는데 벗어날 수 없는 날들
때문에 되돌아와서 다시 태양을 노려봐야 한다 한 번
도 웃어 본 적 없는 거울보다 더 불행할 것 같은 시퍼런
녹이 낀 수도꼭지와 매일 아침 아자, 아자, 파이팅 같은
식상한 인사말과 여전히 알 수 없는 내일의 안부는 어
두컴컴한 방 안에 맺혀 있다 반지하에선 일찍 일어난
새가 가장 먼저 운다는 사실을 뒤늦게 안다 내일이란,
신고 걸어가야 할 부르튼 발의 하나 돌아갈 타이밍을
놓쳐 버린 지점에서 한 번 던져진 주사위는 어느 숫자
에서 멈추길 주저하나, 모 아니면 도, 가능성이 점점 흩
어지고 있지만

최저를 리셋하기 위해 계약된 자리를 향해 유령처럼

살아 있는, 유령들
―재계약의 날들

　바늘로 찔러도 피 한 방울 나올 것 같지 않은 하루를 아무렇지 않게 건너간다 딱딱하게 굳으면서 굳게 견디면서 눅눅하던 때의 곰팡내마저 그리워하면서 대낮인데도 휘청거리는 낮술을 탁 탁 털어 넣으면서 산뜻하게 건조하게 자꾸 고여 있는 무언가를 증오하면서 다른 한편으론 주술에 의지해서라도 영원히 밤이 오지 않기를 바라면서 진통제의 날들을 벗어나기 위해 수많은 하루를 제물로 바친다 뜬눈으로 지새면서 두리번거리면서 잠 못 들면서 자꾸 기대하면서 잠과 그 밖의 기타 등등의 것들을 추종하는 세력에게 쓸모없이 맞서면서 쓸모 있게 빌붙으면서

　눈 딱 감고 적응 혹은 저항에 나를 의탁한다

살아 있는, 유령들
—마지막 풍경

어느 날부터 팔로 다 안을 수 없던 기척은 당신이 슬그머니 문 앞에 두고 간 몇 번째 방입니까 어둠의 끝에 다다랐을 때 나의 방은 더 이상 짙어지지 않았어요 중요한 고비마다 밑줄을 그었지만 더 이상 뜨거워지거나 놀라운 일은 일어나지도 않았어요 왜, 아주 느리게만 짧아지던 골목은 발자국 소리가 천둥보다 가깝게 들리던 그곳은 몇백 년 동안 한 번도 환해지거나 즐거워지지 못했을까요 독백만이 매번 친절했을까요 불 꺼진 방에서만 위안을 얻던 그런 날은 이제 기다리지 않습니다 나는 약속했으나 공개하지 않았으니 아직 마침표도 없습니다 서막이 끝나지 않았으니 아직은 지루합니다 유리병의 투명 안에는 잘린 다리의 매끈한 초록이 잠겨 있습니다 어린 뿌리는 자라다 말고 썩어 가고 있어요

물컹거리는 악취가 넝쿨째 자라고 있습니다

살아 있는, 유령들

—49일

흰 머리카락 한 올이 제 무게를 못 이겨 흘러내릴 때 신발을 벗는 동안 낯선 거리의 어스름이 내 안에 있었어요 해가 지는 쪽부터 조금씩 한 덩어리가 되어 가던 밤의 안쪽을 명랑하게 감싸 안으면서 내 곁을 떠난 슬픔이 천천히 흩어지는 걸 바라보았어요 내가 한 말은 내가 하던 말들로부터 마침내 멀어졌어요 아무에게도 기별을 건넨 적 없기에 내 몸은 발각되지 못했고

내 목소리였지만 전혀 다른 누군가의 한숨이 되어 돌아섰어요

2부
그 많은 의문들은 어디에서 오죠?

아홉 시

　아픈 입 아픈 귀 달아날 수 없는 링거병을 주렁주렁 매달고 각각의 통증을 달고 가만히 내려앉는 우리들의 밤 아홉 시, 저 뉴스 다 끝나면 다시 혼자가 되겠구나 나는 몸 안 깊은 곳까지 바람을 한 주먹씩 쓸어 담고 다녀 머리로는 네 발로 버티는데 마음은 이미 튕겨 나가 머리도 손발도 몸도 없이 다만 휘청거리는 소리 하나만 가지고 멀리 아주 멀리, 오래전부터 선호하던 이 고전적 방식을 기꺼이 숭배하지 걱정 마요 상처는 곧 피딱지 아래 묻힐 테고 이 세계는 평온할 테니 저 피비린내는 그저 화면 안에서만 존재할 테니 나와는 상관없으니, 아무는 시간 아래 반감기를 가진 흔적만 감쪽같다면 우리 아홉 시는 매일 잊힐 거예요 다시 아홉 시가 아픈 입 아픈 귀를 가지고 찾아온다고 해도 우리들의 아홉 시는 언제나 멀쩡할 거예요 그러니 슬퍼 마요

게베도세즈*

그가 장미밭에 있다
그는 장미꽃에 산다

어느 날 가만히,
그의 몸에선 낯선 문양이 자란다

그토록 오래 공들여 세심하게 채색해 왔는데

더 이상 네 안에서 만질 수 없는 붉은 꽃잎들은
몇 번의 당혹과 맞바꾼 것일까
다음이라는 여지는 얼마나 여러 번 과장되게 복습되
었을까

이 순간, 찔리고 아픈 건 순전히 타인의 감각이야

너는 담담하게 말하지만
담장은 더 이상 우리를 보호하지 못하지만

분홍이 지고 보라가 지고
장미를 몽땅 갈아엎고 장미밭이 비어 가도

한번 장미는 영원한 장미
가시를 버려도 장미는 여전한 장미

우리가 어느 날부터 장미라 불러 온
그 많은 새빨간 주먹들은
냉소적으로 반복된 폭력이다

장미밭이 장미를 잃고 장미가 가시를 잊고
가시가 구름들을 잘게 흩어 버려도

한번 장미는 여전히 장미

* Guevedoces, 태어날 때는 여자의 모습이었으나 사춘기가 지나면
서 점차 남자의 모습으로 바뀌는 유전병

프록시마 B

뜨겁지도 너무 차갑지도 않은 저녁 발소리보다 어두운 골목이 있지 그림자와 습기 머금은 여름 장미와 눅눅한 채로 길들여지지 않는 나의 밤이 있지 언제나 닫혀 있는 녹슨 대문이 있지

불편 아니면 불만을 참아내며 처음부터 녹스는 일이 전부여서 끼익 끽 푸른 이끼의 저녁이 오지 줄을 서서 매일을 두드려야 하는 문들이 있지

골목에선
안개가 왜 수시로 얼굴을 가리는지
왜 걷어낼 수도 걷잡을 수도 없는지
끝나지 않을 저 긴 어둠은
왜 한 번도 길을 잃어 본 적이 없는지

가도 가도 끝낼 수 없는
숨찬 사기 구슬 같은 이상한 날들은 어떻게 끝내죠?
아픈 발을 감싼 헐렁한 양말은 언제 벗죠?

물고기의 창

하루에도 수십 번씩 롤러코스터를 타는 혀가
내 몸 안에 자라고 있어요

그것은 한 번도 감긴 적 없는 모양의 눈을 닮았어요
계속해서 잠들지 못하는 눈동자예요

나는 잘 살고 있어요
문자를 보내 놓고 당신이 조금 보고 싶어졌어요

비도 내리지 않고
당신과 나는 서로 각별하지도 않았는데

찢어지게 가난해서 나를 죽여 버리고 싶을 만큼 사
는 게 싫어졌다고
낮술 몇 잔에 떨리던 어깨가 생각났어요

그때 창밖에는 벚꽃잎 몇 개가 바람에 떨어지고 있었
어요

당신의 떨리는 어깨처럼 꽃잎도
마지막 시간을 움켜쥐고 허공에서 떨고 있었나 봐요

매번 무너지는 수압을 견뎌야 하는 퇴화한 수면에
아주 조금 빛이 반짝이는 날이 올까를 생각하는 중이
었는데
그걸 비상구라 부를까 결심하는 중이었는데

그뿐이었어요

말도 안 되는 상황에 미안하거나 함께 분노했어야 했
는데 꼭 그랬어야 했는데

눈 감지 못하고 떠난 당신이
문득, 보고 싶은 날이에요

그것뿐이에요

개가 짖는 저녁

개가 짖는다
귀신을 본다는 개가
저녁이 빚은 캄캄한 단층을 컹, 컹, 무너뜨린다

순식간에 밀려난 기척들

공포와 안도는 한숨을 몇 벌쯤 껴입고 있나
한 줌도 안 되는 한숨으로 땅은 왜 꺼지나

종일 비가 오고 헤어질 때 던진 농담이
진심을 들킨 것만 같아
발은 자꾸 허공에서 질척거리고

자동차 바퀴에 깔려 한시적으로 짓뭉개진 아우성들
자잘한 파장을 일으키며 사방으로 튕겨 나간
한 사람의 슬픈 눈동자

황금 가루 가득 뿌려진 문밖에서

가만히 너는,

오늘부터 부재한 너를 확인한다

아날로그는 슬픔의 방식을 눈물로 바꾸는 거예요

흐느낌과 어깨의 떨림을 돋보기처럼 볼록하게 터질 듯 위험수위를 견디는 눈물은,

서툰 방향 사이에서 끊임없이 점멸하는 신호등을 건너 마침내 굳게 선 결심을 따라가는 눈물은,

좋은데이를 몇 번이나 지나야 쓸쓸한 위장을 모두 속일 수 있는지

내게 주어진 슬픔만큼만 탕진하고 나면 까마득하게 사라지는지 명랑하게 잊히는지

알 수 없다 그러나,

온 힘을 들여 밀어내는데도 계속해서 또 다른 감정이 생겨나는 표정 속에 뒤섞이고 마는 이 완벽한 한 방울의 통증,

아, 무섭도록 일반적이다

비명

땅속으로 뻗었어야 할 뿌리가
흙을 빠져나와 보란 듯이 맹렬하다

온화하면서도 단호하게 아름다운 이미지

백화된 뼈가,
서로가 서로의 휜 정강이뼈를 껴안고

붉다

사기詐欺

고요하고 쓸쓸한 몸속은 자주 이끼가 끼었다
구르는 돌 같은 건 없었고
미끄러져 넘어지는 사건은 도처에 있었다
혼자 일어나는 일에 익숙해졌다

기척을 숨긴 채 한 방에 훅, 강편치를 날려 모든 감각
을 깨울 때 알아챘어야 했는데

통증 10과 1 사이에는 몇 킬로그램의 침묵과 처절이
깨어 있나요

주치의는 마지막 처방을 내리기 전 확인을 위해 물었
지만 폐암 4기는 뻔한 막장 드라마의 식상한 대사

포기하거나 악착같거나 모두 같아지는 지점은 어떤
치료 방식에서 조금 빨라지나요

판화 834
―파인텍 고공농성이 끝난 날

세 남자가 굴뚝으로 올라가고 매일
저녁노을이 핏빛보다 더 붉은 만장을 펼쳐 보였다
상두 소리를 끌고 가는 울음들
사백팔 일에 사백이십육 일을 더해도
그치질 않았다
두 남자가 밀어 버린 사다리를
다시 놓고 더 높은 사다리를 다시 놓고도
내려오지 못하는 지상에는
밤마다 땅이 한 뼘씩 더 꺼졌다
밤마다 불이 하나씩 더 켜졌다
굴뚝은 계속해서 하늘에 닿고
이제 그만 울어
지상에 모든 불이 켜졌을 때
마침내 그들이 내려왔다

한 장의 판화가 834번째를 찍어낸 뒤에

글루미 선데이

택배를 받아 커터칼로 상자를 열었을 때
상자 안은 곧 터질 듯 수상한 공기 방울들로 가득했다

위험을 감지한 복어처럼
상품을 둘둘 말아 빵빵해진
공기의 방들

핥아 줄 수도 다독일 수도 없는
짧은 혀를 가져서

혼자인 날이
위험수위까지 차오르고 있다

공기 방울 하나를 터트리며 울음이 번진다
저 많은 공기 방울은 언제 다 터지나

중심을 버리고 둘레가 다 젖으려면
얼마나 많은 택배 상자가 와야 하나

외로운 사람들은 오늘도 화면 앞으로 모여들고
딸깍, 딸깍, 자신을 포장하기 위해 눈이 충혈되고

난간

신발을 벗고 물속으로 뛰어드는 사람들은 그곳의 계절을 몰라 한 번도 본 적 없는 눈보라를 위로하지

등골이 서늘해지는 지점에서 이곳을 선택한 사람들은 이제껏 이런 높이를 가져 본 적이 없어 최대한 높이 날아오르지

다리의 난간은 구름의 온도를 측정하기 좋은 곳

개새끼, 개같은 놈, 개도 안 물어 갈 놈, 개뼈다귀, 개만도 못한 놈, 개털,

목줄에 묶인 개가 무슨 죄를 지었나 수없이 들었고 수도 없이 내뱉었던 분풀이의 대상이 되었나

더 이상 개가 되지 않기 위해 개같은 날들을 지우기 위해 신발을 벗고 허공으로 뻗은 난간을 오른다

이를 악문다는 건 결심의 바깥에서 결심의 안쪽으로
솟구치는 일

날개 없이도 마지막 비상 정도는 할 수 있지

나는 모든 1인분이다

한, 장, 한, 장, 수신호를 완성해 가던 여름이
가지 끝에 이르고 다시 낯선 계절에게로 방향을 틀 때

나를 스쳐 지나가는 것들은 지겹도록 일관적이어서
어제 같고 무덤 같아서

지겨웠다

나는,
내 목덜미를 타고 도는 불굴의 의지였으나 마지막 구
호였으나
밤사이 붉은 장미를 짓이겨 버린 발자국이었다

나의 1인분의 모든 어제와 1인분의 모든 감정과 1인분
의 맹독이 주머니에 손을 넣고 걷는 1인분의 발자국들
로 번질 때, 1인분의 농담이 1인분의 멀미가 되지도 못하
고 1인분의 입술이 1인분의 심장으로 퍼지는 저녁

나의 1인분과 너의 1인분은 아무리 섞여도 2인분은
아니다

　예리한 칼날은 두께를 버리고 모든 틈으로 드나들 수
있다 어쩌겠는가 나는 이미 1인분의 두께를 가졌으므
로 어떤 2인분도 될 수 없으므로

환절기

묶여 있는 개가 미동도 없이 바라보고 있는 곳에 나비
가 난다

나비는 꽃이 일러 준 방향으로 날아가고

바람이 멋대로 동작을 바꾸면서 계속해서 나비를 흔
들어도 그걸 춤이라고 묶여 있는 개는 상상한다 개를 묶
고 있는 감나무는 늙은 개를 제 그림자라 착각한다

감또개를 수도 없이 떨어뜨린 늙은 감나무와 매일 늙
어 가는 개와 봄 한철의 꽃 한 송이와 나비와 그리고 바람
이 서로를 매만지면서 얼마나 지독하게 꿈틀대는지

소나기 지나가고 빨랫줄 물방울 하나가 진저리를 친다

그건 찰나,

맺혔다 사라진 공간을 쓰다듬는 건

매일 새롭게 식어 가는 태양뿐이다

3부

독백체

너에게

반지하는 반의 어둠과 나머지 반의 절망을
내일이라는 이름으로 포장하는 법을 잘 알았다

그건 뜬구름의 속성 같은 것

푸른곰팡이의 완벽한 서식지를 차지한
으스스할 정도로 차갑고 적당히 어두운 침대
그곳에서 눈물 같은 걸 흘려 봤자
그런 날은 불빛이 더 눈부셔서
그림자를 덮고 잠드는 날이 많았다

더 이상 끌림이 없는 사이
처절한 독립 사이

한 치 건너 두 치,
두 치 건너 세 치,

너의 입술,

이미 오래전에 립서비스는 끝났고
착각은 위로와 위안 사이에 끼어 있다

귀 좀 빌려줄래?

언제 터질지 모르는 안전핀이
째깍!
째깍!
읽히는 밤에 너,

지나가는 행인

그때 이상한 오후를 지나가는 중이었어

깎아지른 절벽을 올라가
더 높은 곳에 집을 짓는 사람들을 보았지

눈보라에 갇혀 사라지고 싶은 이유가 죽음보다 강해
져서
붉은 지붕 아래 높고 거룩한 태양이 뜨는 그런 곳이
었지

멀리서 보면 아름다운 풍경이었어

한 발 앞의 낭떠러지가 돌이킬 수 없는 수렁이었는
데도
서럽도록 아름다웠어
아무도 눈물을 닦아 주지 않아
깊고 아득한 절망으로 밤이 오는데도
별은 빛나는

나는 지나가는 행인일 뿐이었는데
아름다운 풍경 안의 사람들을 걱정했지

안으로 파고드는 날들이 아파서 울음이 흘러넘치지
는 않을까

그렇게, 조금 걱정하는 척으로 그만인 그런 날이었어
나는 스쳐 지나가면 그만일 뿐이었어

내 안의 울음이 곪아 터진 줄을 몰랐어

한때, 우리들의 파란만장

창밖에는 잎 하나도 달지 않은 나무 한 그루

나무는 가장 추운 방식으로
눈보라와 마주하지

허기를 반죽하는 손목이 시리고

봄을 향해 부푸는 파일들을 딸깍, 딸깍, 하나씩 열어
볼 거야 그때 2월과 7월 날아가면서 떨어뜨린 새의 깃털
보다 가벼이 떠나 버린 그녀와 그녀를 잠깐 떠올릴 거야

지금까지 어쩌다 12월까지 말 한마디 없이 그녀들이
나타났다 사라지는 계속해서 불면에 시달리는 밤들을
목 조르며 견디지 않겠어

달은 이미 다 부풀어 올랐고 이제 그만 모든 기다림
을 지워야겠어 나는,

내비게이션 항로

　—당신처럼 수만 갈래 거미줄을 품고 있는 여자를 모
릅니다

　순식간은 방향을 틀었어 흔들렸던 멋진 밤들로부터
잠시만 어지러웠고 서로의 추억을 나눠 가질 애틋함은
짧았지 열렬한 순간을 확인하기에는 갈 길이 너무 멀었
던가

　불쌍한 나의 로맨스,

　감쪽같이 경로를 지우고 지나치게 익숙한 생활 안쪽
으로 설정된 경로 속에

　나를 다시 밀어 넣는다

오아시스*

어느 날,
꽃대 하나가
축하객 위로 온몸을 던지면서부터

하얀 대바구니 속에 발을 묻어 둔 사람
오아시스를 찾아 떠도는 사람

더 이상 사막을 믿어서는 안 된다
기적처럼 단 한 번 목마름의 진원지를 찾는다 해도

수만 가지 배경을 위해
겨우 붙들고 있던 한 움큼 눈동자를
하나씩 떼어 바치면서
왜 꺾여 버렸는지도 모르면서

황당하고 극단적인 생애주기가 끝나 가고 있다

다리를 잘리고 사막에 주저앉은 사람아

상처를 조문하는 덧나고 짓무른 것들아

메마르고 흘러내리다 끝내 발을 뺄 수 없을 때까지가
이번 생이다

* 꽃바구니를 장식할 때 꽃이 시들지 않도록 하거나 꽃의 지지를
위해 쓰는 블럭 모양의 초록색 스펀지

아픈 발을 끌며 진창을 뛰어가네

비가 온다
붉은 소리다

칠흑 안으로 손을 넣고
점자를 읽듯
쓰다듬어 본다

부서지지 않으면 안 되는 저 소리를
놀라서 달아나는 저,

밤새도록 아파서 끙끙 앓는
비통한 발들이

창밖에 흥건하다

유월의 숲

너무 멀어 몸을 던질 수조차 없던 시퍼런 바닷물 속에 서둘러 반짝거리고 알아서 일렁이던 눈빛이 있었다 서툰 간잽이가 휙휙 뿌려 준 소금처럼 빛나던 산호초 사이에서 산란하는 보름밤이었다

나무 그림자는 겨우 몸을 숨길 수 있는 어둠이어서 오히려 안심이 되었다

길도 내지 않는 유월의 숲에 나는 무릎을 세우고 얼굴을 묻었다 울 수 있는 자리가 거기뿐이었다

간절하지 않은 것들은 조금도 더 간절해지지 않아 추웠다
이미 간절해진 것들은 더 간절해져서 몸을 떨었다

지나가 버린 것들과 오지 않은 날들이 억장이 수만 번도 더 무너져 내린 몸을 열고 눈물을 닦았다

절망이 절정일 때였다

비상계단을 수도 없이 알고 있었지만,

초점이 자꾸 한쪽으로 휜다

태양을 오래 들여다본 볼록렌즈는 신기한 놀이에 집
중하고 아이들은 마법으로 불타오르는 불꽃에 환호한
다 박수가 터지고 하얀 종이 위에 올려진 개미의 몸, 너
희들의 마녀는 곧 숨이 끊어질 듯 끊어질 듯

유리의 투명을 처음으로 받아들인 배경이 비극과 마
주하고 있다 마주한 너머의 눈빛들 눈빛 너머의 적당히
차갑고 적당히 어두운 너와 나와 우리들

서로의 눈을 마주할 수 없어서
시선이 자꾸 어긋난다

눈을 맞추지 않으려는 눈빛,
믿을 수 없다

리마증후군

비 맞아 훌쩍거리는 어깨를 나 오늘 밤 안아 보겠네

어떤 위로보다 가까이에서 가만가만 쓰다듬는 온기가
다 젖겠네 그간 건너간 말조차도
상처투성이 그날의 소식을 실어 나르는 아픈 귀조차도

지붕이며 창문에 묻은 기대까지 나 탈탈 털어 보내 주겠네

차마, 다 버리겠네
뒷모습까지 모두 보내 보겠네

허드레로 가는 1분 1초도 여벌 달 지는 밤으로 전송하진 않고

한사코, 숨넘어가는 진통으로

맨 처음에 가닿을 때까지
가벼운 것부터 가까운 것부터 다 잊어 가는 사람 하나가

가 버리겠네 다 버리겠네 다,

독백은 그 무엇도 아니에요

너와 나는
서로의 상처에서
영문도 모른 채 달라붙는 피딱지 같아
얼마 동안은
딱딱하게 굳은 기분을 덮어 두려고
서로가 서로에게 다정하지

문을 닫으면 감쪽같이 사라지는 미궁,
들키고 싶지 않은 비밀이 마음껏 고여 있도록

휘발해 버렸으면 싶은 쓸모없는 안간힘과
그 밖에 망설이고 있는 최소한의 관계에
빗장을 걸지

그러나
나는 비현실적으로 자라는 속엣말을 삼키고
너는 고개를 돌리고 우리는 눈을 감지

언제 사라질지 모르는 내 감정을
비눗방울이 붙잡은 무지개라 착각하면서
펑계가 완벽하게 비밀을 위장하는 방식일 거라 흐뭇
해하면서

세상으로 출력된 어떤 것들에게는
희망이라는 꼬리표가 자란다고 확신하지
아직도,

오늘의 날씨는 어떤가요

궁금합니다
여전히 흐림이군요

입을 가려 버린 정체를 알 수 없습니다 숨을 참을 수
도 쉴 수도 없는 그런 날들이 계속되고 있어요

외출을 서두릅니다 밥벌이의 시계視界는 제로이군요

파랑에서 초록으로 초록이 주황에서 빨강으로 바뀌
면 나쁨 속에서 길을 잃습니다

폭염 속에 숨어든 눈보라와 쏟아지는 파편들 심하게
요동치는 나침반 이런 분별력 있는 것들로부터 지금은
매우 나쁨 상태입니다

오늘, 더듬거리는 손끝에 잡힐 푸른 소리 자란다면 그
소리 따라 길을 찾고 맑음 쪽으로 환하겠습니다

4부

잠잠한 서정이라면 좋겠네

안정적인 기류를 벗어난 이별법

캄캄한 활주로에 불이 들어오고 밤에 떠나는 사람들은 뒤를 돌아보지 않는다고 나는 직설적으로 밤 비행기를 타러 떠나고 그때, 나의 자정은 내려앉는 눈꺼풀 위에 들러붙은 작은 억지였나 부정하려는 이유 같았을까 아무리 다정하게 손을 흔들어도 이륙하는 순간 멀어지는 속도는 조금도 친절하지 않다 뛰어내리고 싶은 구름과 또 그 속으로 첩첩 숨고 싶은 그 어떤 것도 난기류에 들어서는 순간 너무 출렁거리거나 아주 무서워지기 전에 온 멀미였던가

—터미널로 다시는 돌아올 수 없습니다

아찔한 기압을 견뎌 보라는 경고음이 울리고 더 이상 차가운 손을 잡지 않아도 되는 여기가 잠잠한 서정이라면 이제 괜찮을까 돌아갈 수 없을 때 어떤 것들은 공중에서도 떨어지지 않고 견딘다 어떤 후회로도 지워 버릴 수 없는 기막힌 아침 나의 불면은 지금부터 완벽해지려 하는데

어느 날의 책

너무 오래된 우리들의 책장은
알고 보면 아주 조금의 서정 아니면
설정으로 진열되어 있다

어떤 것들은 잊힌 채
수십 년 동안 거론된 적 없다 그러나,
자신의 존재를 그토록 진부하게
오래도록 지켜 온 종족도 없을 것이다

몇 개의 밑줄이 첫 장에서 끝나고
누군가 다시 펼쳐 주기만을 기다리는
꽂혀 있는 자세도 얼마든지 익숙해질 수 있다

오랫동안 지켜봐 온
책장의 태도는
단호하지 않다 단언컨대 지극히 소심하다

누렇게 뜬 어느 날의 책을 집어 들었을 때

첫 표정부터 깊고 구불구불한 어느 지점까지
몇 번의 끄덕거림을 위해 모든 페이지는
자신의 인내를 시험하고 있을지 모른다

한 권의 느낌이 일기장처럼 바래고 구겨져도

어느 한 페이지는 8월의 태양처럼
눈부시게 빛날 때도 있다

수면안대

오래 비워 둔 방에선 석유 냄새가 났고

고양이는 온몸을 말아 웅크린 자세로 잠이 들었다
고양이의 잠은 수맥이 흐르지 않는 중심

나는 오래 차가워져서
닿을 수 없는 깊이를 고집하고 있었다

네가 좋아한 고양이,
네가 문 앞에 그려 놓은 쇠비름꽃,
네가 가지고 떠나 버린 헐렁한 연민을

무덤을 도굴하는 심정으로 꺼내 보았다

왜, 라는 질문이 파헤친 손으로
아니야, 라는 대답이 파묻은 손으로

입을 틀어막아도 기어코 역류하는 몸을 다시 덮었다

꿈에 내가 나를 불렀다

이 세상에서 하루를 또 폐기한 사람들이
다시 어두워지기로 작정한 것처럼

애도의 방식

어딘가 숨겨져 있는 물 냄새를 따라
한 무리 코끼리가 흙먼지를 뚫고 이동한다

나이 많은 암컷 지도자는
건기의 한가운데를 관통해 앞서가고
모계로부터 흡수된 기억이 무리를 이끌고 있다

문득, 행렬의 첫걸음이 멈추고 일제히
모든 발소리가 멎었을 때

눈부시게 빛나고 있는 뼈의 무덤

그곳을 다 건너지 못하고 멈춘 자의 한계 앞에
슬픔으로 포장되지 않은 결별이
아주 조심스럽게
아주 다정하게
아주 뜨겁게
건너간다

애도는 본능이 아니라는 듯
생존이 사막을 건네준다

목마름과 목멤을 다시 한 번
꾹, 꾹, 눌러 삼키면
어린 것은 조금 더 오래 살 것이다

모란이 피네
—고 박서영 시인에게

오월이 되자
무섭게 달아오른 탐스러운 긴장 사이에서
눈꺼풀 파르르 떠느라 모란은 온몸이 더욱 예민해지네

올해도 눈이 뜰까? 저 늙은 감나무?

담장 아래 오래된 나무 아래 모란꽃이 피네
그늘이 그늘을 업고 그늘이 그늘을 위로하고

어떤 장면이 들어 있는지 궁금하지만 정작,
인화해서 보고 싶지 않은 필름 안의 영상처럼
상기된 꽃잎은 꽃술의 미뢰만으로
천국은 함부로 완성되지

봄날은 짧고,
너의 국경은 더 먼데

네 감각의 절정들,

또 내 세상의 절망들

모든 우리들의 바깥

닿지 않는 안부는 공중을 떠돌다
눈동자가 따끔거리고

모란이 피네
한정없이 모란이 피고 있네

너만 모르고

결빙과 결핍 사이

북극이 녹아내리고 북극곰들이 먹이를 찾아 며칠째 어슬렁거리고 북극해에서만 살아온 수염고래가 어린 새끼를 데리고 북극을 떠나고

여기는, 비가 오고 까치가 시끄럽게 우는 아침

툰드라 별빛들로 혼자 밤을 보낸 사람들은 계속해서 누군가를 기다리고 그물을 손질하는 어부의 손이 언다 손님 없는 카페, 말라 죽은 한 무더기의 국화, 방파제를 혼자 어슬렁거리는 비쩍 마른 늙은 개는 어디선가 오로라가 비껴갔을 하늘을 향해 목적도 없이 몇 번 짖어 보다 돌아가고

그날 밤은 달과 나와 화성이 나란히 누운 날이었다 북극의 바다는 더 이상 얼지 않지만 이번 계절이 다 지나가기 전에 나 혼자만 빙하기로 접어들 것 같았다

잠시, 형형색색으로 요동치던 안간힘이 아무도 모르

게 오스스 돋는 소름을 견뎌내고 있었다

그런 밤

취기가 한껏 오른 저녁
달빛이 창문 가득 비치고 있었다

내가 지금 죽을 맛이라는 걸
훤히 알고 있다는 듯

징그럽게 달라붙는 것도
한없이 도망치는 것도
한순간 용기를 내면 모두 치워 버릴 수 있을 것 같았다

가슴 미어지게 머물러 있던 한 사람이
오래
칸칸마다
들어차 있던 창이었다

창문을 모두 깨뜨려 버리면
희미하게 밝던 이름이
어둠 속으로 사라질 그런 밤이었다

—아주 가끔 만나도 안부는 묻지 말지

맹목적 탐색

반칙이 난무하는
편파적인 시점을 견뎌야 하는 이 계절에

내 겉도는 목소리는 빈집 창문을 깨트린다

눈이 오는 날이 많아서 심장은 계속 얼어붙고
능청스런 날씨는 계속되고

날카로운 이빨과
파충류의 차가운 심장을 가진 내가
한 번도 울어 본 적 없다고 고백하는 당신이
서로의 징그러운 살결을 타고 미끄러지는 밤

허물 벗어 놓고 사라진
미친 밤을 더 이상 동경하지 마
우리는 그저 아무런 목적 없이
맹독의 사용처만 궁금하잖아

없는 귀로 들으려는 것보다
없는 다리로 걷고 싶은 것보다

위험하다 스치기만 했는데

기를 쓰고 달아나는 걸 붙잡아
매달아 둔 발이었다

투명하지 않아서 상처 뒤는
더더욱 알 수 없고

빛의 행방을 좇아 빨리 뛰어가는 심장이었다가
희미한 광기를 완성하면
비로소 반짝이는 눈물이었다가
난무하는 추측이었다가
들키고 싶지 않은 것을 숨기기 좋은 딱 그만큼의 달
빛이

스친다는 건,
반쯤은 다른 타인으로 속수무책으로
지우고 싶은
지워지고 싶은 것들을 꺼내
눈먼 사람 몰래 흘리고 가는 것

그것은 차마,

나를 말할 수 없는 것

이상하게 그때

안심이 되었다

내게 닿지 않으려고 애쓰는 것일수록
자꾸 미움에 가닿았다
슬프지 않은데 슬픈 귀 같은 것이 뾰족하게 자라났다

지문이 하나씩 사라져서
공항 검색대를 통과하지 못하는 날이 있었다
방황이 습관이 되어 돌아가지 못하는 날이 있었다

불쑥, 이라는 말은 어찌나 황홀한지

고흐가 제 귀를 잘라 버렸을 때
그걸 종이에 둘둘 말아 여자에게 건넸을 때
그리고 붕대를 감싼 자화상 앞에서
아무것도 아니야 하는 표정으로 바라보았을 때

더 이상 슬픔은 자라지 않을 것이라

안심하며 돌아서는 걸 이해할 수 있었다

잠가야 하는 것들과
잠기지 않는 것들이 일제히 쏟아졌다

앙코르와트 3

어떤 기분도 읽을 수 없던 너의 질문과는 다르게
석상들은, 하루에도 몇 번씩 공중을 선회하는
흰 비둘기들을 견디고 있었다

내게 남아 있는 계절은 아직 추억이 없고
잿빛의 독백이 자라는 여기는,
아득한 신의 나라

멀어지는 꽃잎을 올려다보면
모든 결별의 방식이
건널 수 없는 강물을 빙 둘러친
해자식垓字式이었다는 걸 알게 된다

열렬하게 출렁인 적도
어딘가로 흘러가서 범람하는 법도 익히지 못한
사원에 여전히 아침이 오고

한때, 불멸인 것처럼 빛나던

꽃잎은 회오리바람 속으로 잠시 떠올랐다
결국, 말라비틀어지는 모양새로 사라질 것이다

너를 떠나오기 전
내 몸의 그 많은 익숙한 것들은 이제
불편으로 바뀌었을 뿐

꽃잎 날리는 것도 제 의지가 아닌데
바람이 멀리 간다

장다리갈기늑대

세라도 초원에 붉은 저녁이 오고 있다

어슬렁거리다 발견한 개미총 위에서 로베리아나무
열매를 따 먹고 볼일을 본다

나는 더 이상 무리를 짓지 않는 늑대, 나는 더 이상 사
냥을 하지 않는 늑대, 사냥을 잊은 지 오래된 이름만 남
아 수백만 년 전의 습성으로부터 갈색 갈기만이 상징으
로 남아

우—우——우———

발목이 더욱 얇아지는 보름밤엔 초식동물의 얼음장
같은 청각은 더욱 예민해지고 나는 먼 옛날 종족을 부
르는 의식 앞에 여전히 차갑게 떠돈다

달맞이꽃 한 송이가 보름밤을 완성한다 발밑에는 가
위개미의 비밀 정원이 묻혀 있다

야성을 부추기는 본능으로, 맹수의 울음으로, 나는
더 이상 이 밤을 완성하지 못한다

졸음이 깔리기 시작한 낯선 방

바다는 여전히 환하고
달마중이나 기다리는 정박한 배들은
늙은 어부의 발소리를 귀신같이 알고 있지만

바람 속에서 저 혼자 무너지고 있는 지붕

언젠가 구급차에 실려 간
늙은 어부마저 돌아오지 않으면

혼자 남겨진 폐가 마당에
손질하다 만 그물이
뱀 허물처럼 아무렇게나 뒹굴고

페인트칠 벗겨 나간 담장에 하릴없는 담쟁이만
때 이른 장마를 몰고 와
청춘의 푸른 피처럼 흘러갈 것이다

유령의 독백

신동옥(시인)

> "유령은 이름 붙이기 어려운 – 영혼도 신체도 아니고,
> 영혼이자 신체이기 때문에 – 어떤 "사물"이 된다."
> – 자크 데리다 *

　이기영은 전작前作『부에나 비스타 소셜 클럽』(천년의시작, 2016)에서 관계에 천착했다. '프라하'나 '쿠바'는 '자산동'과 나란히 놓이고, 그 어디쯤에서 흘러가는 삶은 추측과 미혹 사이에 놓인다. 아랫입술이 윗입술에 닿았다 떨어지는 순간의 언어는 매혹적인 거짓이거나 무관한 사실 가운데 하나이기 일쑤다. 덩굴이 새와 고양이를 감아올리듯 그는 한사코 이 땅 위에 내던져져 스스로 선택한 발걸음을 옮겨 간다. 눈물이 비눗방울이 되어 날아오르듯, 오브제는 휘발되고 감정은 그가 독자로 선택한 누군가의 가슴께에 가닿아 폭발한다. 요컨대『부에나 비스타 소셜 클럽』에 닿으려는 시인의 여정은 항상 현존하는 가능성에 자신을 내

---

* 『마르크스의 유령들』, 진태원 옮김, 그린비, 2014(2판), 24쪽.

맡긴 채 부유하는 시선으로 떠도는, 조각난 몸의 시선에 가까웠다는 것.

무엇이든 조망할 수 있는 시각은 전일한 관점을 전제로 한다. 조망점을 얻은 신체는 낱낱의 기능으로 해체되어 유동하게 마련이다. 모든 것을 바라보는 달은 천 개의 물줄기 속에 눈알을 흩어 놓듯이, 물길은 흐르고 흘러 한 개의 거대한 웅덩이에서 만나듯이 '무엇인가 안에 쌓여 나가지 않고 있다는 걸 알아챌 때까지 몸은 계속해서 근질거렸을 것이다.'(「머나먼 북극」, 『부에나 비스타 소셜 클럽』, 천년의시작, 2016) 지금-이곳에 항상-현존하는 가능성의 근거로서의 나의 몸, 사유와 정념의 유물론적 근거로서의 신체, 결코 도달할 수 없는 온전한 객관성의 보루로서의 물질. 어디서 비롯되었는지 모를 '그 많은 의문들'을 '잠잠한 서정'으로 완결 짓기 위해 필요한 무수한 '독백'의 근거는 무엇인가? 이기영은 되묻는다.

4부로 나뉜 이번 시집의 첫 대목은 '살아 있는, 유령들'이라는 제하題下에 묶은 13편의 연작이다. 이기영은 '살아 있는+쉼표' 상태에 대해 천착하며 답을 찾는다. 유적 존재the species being라는 단어는 마르크스가 '본질의 이미지'를 대체하기 위해 사용한 용어이다. 경험의 터를 초월한다고 자처하는 모든 사유에서 거리를 두

기 위해 본질을 본질의 이미지로 고쳐 쓴 것이다. 움직이고 살아 숨 쉬는 풍만한 경험으로부터 취한 어떠한 언어라 할지라도, 비록 그것이 고도로 추상적인 관념을 녹여내고 있을 경우라 할지라도, 언제나 비유의 찌꺼기가 남게 마련이다. 베르그송은 관념과 추상에 가닿을 바에 '나비가 나올 고치에 대해서 쓰는 편이 낫다'라고 말하기도 했다. 운동하고, 유동하고, 지속하는 상태에서 눈을 떼지 않으려는 고투가 필요한 순간이다. 눈을 떼는 순간 저 유적인 존재의 가능성을 앞지르는 전건前件으로 주어졌기에 선결되어야 할 외피에 불과한 개념들이 인간을 사로잡는다. 신이, 역사가, 진실이 인간 앞에 주어진 사회 그 자체의 상태를 대신한다. 이 순간 쉼표는 마침표로 매듭지어진다. 국가, 경제, 정치사회와 같은 숭고한 대문자들의 지배 아래 소외가 시작된다.

  어느 날부터 팔로 다 안을 수 없던 기척은 당신이 슬그머니 문 앞에 두고 간 몇 번째 방입니까 어둠의 끝에 다다랐을 때 나의 방은 더 이상 짙어지지 않았어요 중요한 고비마다 밑줄을 그었지만 더 이상 뜨거워지거나 놀라운 일은 일어나지도 않았어요 왜, 아주 느리게만 짧아지던 골목은 발자국 소리가 천둥보다 가깝게 들리

던 그곳은 몇백 년 동안 한 번도 환해지거나 즐거워지
지 못했을까요 독백만이 매번 친절했을까요 불 꺼진 방
에서만 위안을 얻던 그런 날은 이제 기다리지 않습니다
나는 약속했으나 공개하지 않았으니 아직 마침표도 없
습니다 서막이 끝나지 않았으니 아직은 지루합니다 유
리병의 투명 안에는 잘린 다리의 매끈한 초록이 잠겨
있습니다 어린 뿌리는 자라다 말고 썩어 가고 있어요

　　물컹거리는 악취가 넝쿨째 자라고 있습니다

　　　　　　　　　　　　　―「살아 있는, 유령들-마지막 풍경」 전문

유령의 입을 빌려서 이기영이 말하기 시작한다.
'기척'은 우발성의 다른 표현이다. 영원히 지속되는
잠재 사건이다. 시간 바깥에서 벼락처럼 지금－이곳으
로 밀어닥치기 때문이다. 모든 우연은 결코 도달할 수
없는 완전한 필연을 전제로 하기 때문이다. 당신의 기
척은 공간으로 은유되고, 당신의 기척이 스미는 나의
몸뚱이는 빈 곳에 머물다가 스러지는 빛이나 소리나
움직임으로 그려진다. 당신은 정해지지 않은 시간에,
답지遝至할 수 없는 곳에 기척으로 머물다 사라진다.
그러나 나는 매번 약속하고, 감추고, 지연한다. 쉼표의
시간이 이어진다. 그러나 이렇게 온전한 결여로 내게

머무는 당신의 의미를 어떻게 매듭지을 것인가? '유리
병 안에 잘린 다리'의 이미지는 순식간에 '매끈한 초
록'으로 뒤바뀐다. 자라다 말고 썩어 가며 악취를 뿜어
내면서도 넌출넌출 자라나는 넝쿨 이미지로 시는 끝
맺는다.

　이 정경 은유를 어떻게 볼 것인가? 결국, '타자의 결
여를 메꾸는 것은 자연'(토도로프, 「루소론」)인가? 밀
봉된 슬픔은 쉬이 짓무르고, 산 자가 죽은 자를 묻으
며 진저리를 치는 이곳, "이곳은 익사하지 않아도 모
두 빠져 죽는 곳"(「살아 있는, 유령들−살처분」)이라
면…… 저 정경 은유는 익숙한 서정시의 문법이 아니
라, 서정시 문법의 '마침표'로 보는 것이 옳지 않겠는
가? 운동하고 유동하고 지속하는 몸으로 소외를 견디
내고, 자기−결정의 시간을 올곧이 살아내겠다는 또
다른 다짐의 문법으로 읽힐 수도 있지 않겠는가? 이
기영이 자처하는 유령은 저항한다. 이를테면 이런 식,
"최저를 리셋하기 위해 계약된 자리를 향해 유령처럼"
(「살아 있는, 유령들−무한 리셋」) "눈 딱 감고 적응
혹은 저항에 나를 의탁한다"(「살아 있는, 유령들−재
계약의 날들」). 헛되이 인간이라는 이름 아래 지어 이
룬 무리의 언어를 되뇌지 않겠다는 다짐은 '적응 혹은
저항'으로 명명된다. 모든 관점이 모든 가치가 된다면,

저 조르바나 크눌프와 같은 단독자의 자유를 만끽하
며 없는 길을 향해서 용감무쌍, 무념무상 나아갈 수 있
을 테지만······.

안심이 되었다

내게 닿지 않으려고 애쓰는 것일수록
자꾸 미움에 가닿았다
슬프지 않은데 슬픈 귀 같은 것이 뾰족하게 자라났다

지문이 하나씩 사라져서
공항 검색대를 통과하지 못하는 날이 있었다
방황이 습관이 되어 돌아가지 못하는 날이 있었다

불쑥, 이라는 말은 어찌나 황홀한지

고흐가 제 귀를 잘라 버렸을 때
그걸 종이에 둘둘 말아 여자에게 건넸을 때
그리고 붕대를 감싼 자화상 앞에서
아무것도 아니야 하는 표정으로 바라보았을 때

더 이상 슬픔은 자라지 않을 것이라

안심하며 돌아서는 걸 이해할 수 있었다

잠가야 하는 것들과
잠기지 않는 것들이 일제히 쏟아졌다
　　　　　　　　　　　—「이상하게 그때」 전문

　이쯤이면 회감도, 개심도, 전회도 불가능하다. 이기
영은 전작『부에나 비스타 소셜 클럽』에서 무수한 시
공간을 한데 조망하는 시선을 매끄러운 문장으로 엮
어낸 시편을 선보였다. "나를 스쳐 지나가는 것들은
지겹도록 일관적이어서/어제 같고 무덤 같아서"(「나
는 모든 1인분이다」) 허공과 중심을 자유자재로 오가
며 지분거리는 삶, 도처에 내가 있다. 잠세태, 공백의
테두리를 아우르는 나의 언어가 있다. 그리하여 이기
영은 이렇게 쓸 수도 있는 것이다. "날개 없이도 마지
막 비상 정도는 할 수 있지"(「난간」). 자연과 신성이
한데 얽혀 시간이 멈춘 나라에 들러서도 시인은 이
렇게 되뇐다. "내게 남아 있는 계절은 아직 추억이 없
고/잿빛의 독백이 자라는 여기"(「앙코르와트 3」)라
고 말이다.
　'(귀를 안으로) 잠가야 하는 것들'과 '(귀를 밖으로
잠가도) 잠기지 않는(가라앉지 않는) 것들'이 동시에

쏟아질 때 건넬 수 있는 말은 독백이다. 귀 끝을 붉게 달아오르게 만드는 정념, 정념이라는 부정사. 방황이 습관이지만, 어디에서건 무시로 제지당하는 말들. 불쑥 치밀어 오르고 흔적도 없이 남의 입술에 옮아 붙는 한숨들. 슬픔이라는 통역불능의incommensurable 개인 방언을 입에서 귀로 옮기지 않아도 되니 '안심이 되었다'고 말하는 이가 선택하는 화법은 무엇이겠는가? 그것은 독백monologue. 서정시의 독백이 아니라 인칭이라는 감옥에 갇혀, 정념이라는 부정사를 임계치까지 꾹꾹 눌러 재워 내뱉는 복화술. 이런 방식이다. "나는 비현실적으로 자라는 속엣말을 삼키고/너는 고개를 돌리고 우리는 눈을 감지"(「독백은 그 무엇도 아니에요」).

인간은 인칭人稱이라는 감옥 속에서 인사를 주고받는다. 그저 가끔, 홀린 듯 야생의 수성獸性이 치밀어 오르는 오래된 관성이 이끄는 몸뚱이로 익숙한 길을 헤매며, 침잠과 울부짖음 사이에 끼어 어둠 속에 도사리고 앉았다가 다시 익숙한 태양을 마주한다. 순간과 순간을 미분하며 잠식해 오는 망령과 헛것들, 정념이라는 부정사를 걷어내고 주고받는 안부와 인사는 어떤 모양새여야 하는가? 장례식장에 앉아 멀건 육개장을 들이켜다가, 국물에 비친 맨송맨송한 얼굴을 확

인하듯 끝끝내 잠잠한 나날의 안부와 인사(「살아 있
는, 유령들－나의 기쁜 동기들」), 사람이 죽으면 지붕
위에 올라 초혼招魂하지만 부르는 소리가 되돌아오지
않으면 죽은 자에 대한 일로 예禮를 올렸다는데……
그렇게 49재를 지켜 기억해 둔 죽음은 언젠가 내 목소
리였지만 이제는 전혀 다른 이의 한숨이 되어 흩어지
고 만다(「살아 있는, 유령들－49일」).

　운동하고, 유동하고, 지속하는 몸뚱이를 지어 입은
인간은 침잠과 울부짖음 사이에 끼어 도사리고 앉아
끝없이 말을 삼킨다. 어느 먼 옛적이거나, 아주 먼 훗
날이거나 내가 만든 당신이, 나를 품어 안은 우리가
태어날 때까지 말이다. 그 무리에게 다시 인간이라는
이름을 내릴 수 있을까? 그 유적 존재의 이미지는 또
다시 신神의 몫일 것인가? 인간은 신이 독백으로 빚어
낸 유적 존재의 그림자에 지나지 않는 것은 아닐까?

　　그때 이상한 오후를 지나가는 중이었어

　　깎아지른 절벽을 올라가
　　더 높은 곳에 집을 짓는 사람들을 보았지

　　눈보라에 갇혀 사라지고 싶은 이유가 죽음보다 강해

져서

   붉은 지붕 아래 높고 거룩한 태양이 뜨는 그런 곳이었지

   멀리서 보면 아름다운 풍경이었어

   한 발 앞의 낭떠러지가 돌이킬 수 없는 수렁이었는데도
   서럽도록 아름다웠어
   아무도 눈물을 닦아 주지 않아
   깊고 아득한 절망으로 밤이 오는데도
   별은 빛나는

   나는 지나가는 행인일 뿐이었는데
   아름다운 풍경 안의 사람들을 걱정했지

   안으로 파고드는 날들이 아파서 울음이 흘러넘치지는
않을까

   그렇게, 조금 걱정하는 척으로 그만인 그런 날이었어 나
는 스쳐 지나가면 그만일 뿐이었어

   내 안의 울음이 곪아 터진 줄을 몰랐어
—「지나가는 행인」 전문

세계 속에 몸을 부려 운동, 유동, 지속하는 인간의 행위는 무엇인가? 노동이다. 노동은 자기-결정의 가능성이며, 자신을 제외한 모든 것을 타자로 몰아세우는 적대의 항상성과 현존성을 걷어내는 인간 '본래적 가치'이다. 노동하는 몸이 흘리는 땀은 유적 존재의 땀이다. 논리적으로 모든 노동은 개별가치를 초과한다. 그러나 항용 의도는 관점을 초과하고, 가치는 남아 떠돈다. 스스로 조망하는 관점 바깥에 있고, 자신의 노동으로 건립한 세계와 무관하게 지어 입은 신체를 무어라 불러야 할 것인가? 유령이다. 제사題詞로 쓴 데리다의 말을 덧붙이자면, 그것은 '역설적인 합체, 신체화, 정신의 어떤 현상적이고 육체적인 형태'이다.

이기영의 입을 빌려서 유령이 말하기 시작한다. 유령 또는 죽음을 선택한 자. 그자는 저마다의 삶이 무차별적으로 고귀하다는 것을 갈파하고 지상을 버리고 굴뚝에 오른 사람이다. 아니 지상을 굴뚝에 비끄러맨 자다. 그는 한 인간이 채워 가는 삶을 미분해서 값을 매기는 '개별가치'의 언어에 의문을 제기한다. 방백은 독백을 압살하기 때문이다.

가장 극단적인 독백은 목숨을 담보로 한 저항이다. 비인간, 비장소로 스스로 자신을 유폐한 자가, 상식과 법의 문법 바깥으로 삭제된 목소리로 자신의 숨을 내

걸고 외치는 말은 다른 모든 인간의 언어를 독백으로 몰아세우는 외침이다. 그이의 외침을 듣는 순간, 우리는 '내 안의 울음이 곪아 터졌다'는 것을 깨닫는다. 그이의 울음이 우리가 저마다 스스로 외치는 독백이었음을 깨닫는다. 그렇게 저마다 제각각 어딘가 바깥으로 내몰리고, 버려졌다는 것을 자각하는 순간이 있다. 고공 농성자의 자리를 죽음마저 넘어서는 한 사람의 부재라고 부를 수 있을까? 그이의 빈자리에서 들려오는 말에 귀 기울이며, 무감한 듯 지나가던 행인은 생각할 것이다. 어쩌면 모두가 저마다 외따로 품은 낱낱의 독백은 개별가치가 아니라 본래적 가치를 향한 낮은 뇌까림일 수도 있다고 말이다.

적대는 항상 이곳에 현존하는 가능성이며, 삶은 그 자체로 깎아지른 절벽보다 더 높은 곳에 삶을 위리안치한 고공농성이다. 반 평 굴뚝 위에 삶을 비끄러맨 누군가가 그곳에서 마지막 남을 지상의 언어를 홀로 지키고 있을 것이다. "굴뚝은 계속해서 하늘에 닿고" (「판화 834-파인텍 고공농성이 끝난 날」) 언젠가 우리는 저마다의 방식으로 그이의 방백을 번역해서 들을 것이다. 독백을 듣는 귀가 열리는 날 우리는 알게 될 거다. 죽음을 독백으로 처리하는 자의 언어는 어쩌면 저마다의 삶은 애초에 무차별적으로 귀하고, 은은

하고, 또 아름답다는 것을 갈파한 자의 낮은 고백이라
는 것을.

　　이렇게 곧 잊히겠죠

　　증상은 감쪽같아요 네게 건너갈 타이밍을 얼마나 손
때가 묻도록 매만졌는데 지겹도록 망설였는데 갈 수 있
을 때 준비되지 않던 것들이 갈 수 없을 땐 넘쳐나요 처
방전 없이도 심장은 밤마다 다시 뜨거워졌어요 한때는
뜨거운 것들이 열정적으로 우리의 관계를 아름답게 번
식시켰으나 이러다 정말 가능한 한 깊숙이 닫히겠죠 가
장 가까운 곳에서 멀어지겠죠 나는 이미 버려진 발자국
어딜 다녀왔는지 어딜 가려는지 어떤 모양으로 숨으려
는지 모두 기록되겠지만 방치된 목록에 추가될 뿐,

　　곧, 지워지겠죠?
　　　　　　　　　　　　　─「살아 있는, 유령들─격리구역」 전문

　길 없는 길만을 골라 숲으로 들어가는 사람이 있
다. 어떤 간절한 기원으로 온몸을 떨며 스스로 길을
내는 사람이 있다. 햇빛에 온몸이 찔려 빛을 사방에
흘리며 그늘만을 골라 걷는 사람이 있다. 잡아 줄 손

을 찾아 나무둥치를 훑어보다가 스스로 옹이가 되는 사람이 있다. 지쳐 쓰러진 그이는 그늘을 드리우고 선 나무의 몸피만큼이 겨우 제 온몸을 누일 수 있는 어둠이어서 되레 안도하며 땅바닥에 몸을 누일 것이다. 그이는 천연덕스럽게 되묻겠지. '절망에도 절정이 있을까?'("절망이 절정일 때였다", 「유월의 숲」) 그렇게 차곡차곡 채워 간 독백이 모여 삶의 갈피 갈피를 수놓는다면, 접어놓은 어느 한 귀퉁이는 접힌 틈새로 눈부시게 빛날 날도 있지 않을까?("한 권의 느낌이 일기장처럼 바래고 구겨져도//어느 한 페이지는 8월의 태양처럼/눈부시게 빛날 때도 있다", 「어느 날의 책」)

이기영은 몸과 환영의 세계를 조망하는 동시에 꿈과 유토피아의 세계를 말한다. 몸의 논리와 유토피아의 논리는 배리 관계다. 몸은 유토피아를, 환상은 꿈을 껴안을 수 없기 때문이다. 지속하고, 유동하고, 운동하는 인간의 몸을 껴안고 욕망이 빚은 공백 또는 환영과 드잡이하며 유토피아에 이를 수는 없기 때문이다. 유토피아는 투명한 환영의 세계이며 정치신학의 영역이다. 몸이 해체되는 순간 욕망의 언어는 해소되어 노래가 되거나 주술이 되어 가까스로 은유의 찌꺼기를 덧입으며 의미를 생산하기 때문이다. 이기영은 몸에 아로새겨진 '감쪽같은 증상'을 열정적으로 아름

답게 증식하는 독백의 언어로 되살려내는 데 제 몫을
건다. 비록 그것은 살갗에 손톱 끝으로 눌러 새긴 붉
은 흔적과 같아서, 입술을 뗀 자가 스스로 귀 기울여
듣지 않고 버려두면 금세 피가 돌아 지워지고 잊히리
라는 것을 알지만 말이다.

　독백은 고립의 문법인 동시에 무제약, 무한의 문법
이다. 인간은 결코 자신의 살점 바깥으로 뛰쳐나갈 수
없다. 그러나 고립과 참화 속에 갇힌 몸뚱이가 오로지
자신의 귀를 향해 내뱉는 말이 바로 독백이다. 인간이
스스로 제 몸뚱이를 버리는 순간에도 독백은 무한의
데시벨을 낳는다. 이기영의 독백은 문장과 문장 사이
에 끼이는 잡념이자, 인간과 인간 사이에 틈입하는 소
음이다. 독백, 잡념, 소음은 시詩가 멎지 않고 유동하
고, 운동하고, 지속할 힘을 부여한다. 이기영은 타자의
결여를 독백으로 메꾸어 저만의 세계를 건립한다.

나는 어제처럼 말하고 너는 내일처럼 묻지

2020년 12월 31일 1판 1쇄 펴냄

지은이   이기영
펴낸이   김성규
책임편집   김은경 미순 조혜주
디자인   김동선
펴낸곳   걷는사람
주소   서울 마포구 월드컵로16길 51 서교자이빌 304호
전화   02 323 2602
팩스   02 323 2603
등록   2016년 11월 18일 제25100-2016-000083호

ISBN 979-11-91262-08-7 04810
ISBN 979-11-89128-01-2 (세트)

* 이 도서는 경남문화예술진흥원의 문화예술지원을 보조받아 발간되었습니다.
* 이 책 내용의 전부 또는 일부를 재사용하려면 반드시 지은이와 출판사의 동의를
  얻어야 합니다.
* 잘못된 책은 교환해 드립니다.
* 이 책의 국립중앙도서관 출판시도서목록(CIP)은 서지정보유통지원시스템 홈페이지
  (http://www.seoji.nl.go.kr)와 국가자료공동목록시스템(http://www.nl.go.kr/kolisnet)에서
  이용할 수 있습니다. (CIP제어번호:2020052900)